꽃 같은

_____ 에게

_____ 가

사는 게
꽃 같네

# 사는게
# 꽃 같네

**초판 1쇄 인쇄** 2016년 12월 30일
**초판 1쇄 발행** 2017년 1월 6일

**지은이** 문영진

**발행인** 장상진
**발행처** (주)경향비피
**등록번호** 제2012-000228호
**등록일자** 2012년 7월 2일

**주소** 서울시 영등포구 양평동 2가 37-1번지 동아프라임밸리 507-508호
**전화** 1644-5613 | **팩스** 02) 304-5613

ⓒ 문영진

**ISBN** 978-89-6952- 147-7 03810

· 값은 표지에 있습니다.
· 파본은 구입하신 서점에서 바꿔드립니다.

사는게
꽃 같네

문영진 지음

경향BP

Q : 영진 씨 글의 영감은 주로 어디서 나오나요?

A : 머리요


Q : 영진 씨는 글이 안 써질 때 어떻게 하나요?

A : 안 써요

니가 꽃길만 걸었으면 좋겠어

나랑

문영진

오늘도 꽃길만 걷자

우리

문영진

너와 걷다 보니
그 길이 꽃길이더라

문영진

오다 주웠다
니 생각이 나서

문영진

나에게로 와
꽃이 되어 주겠니?

문영진

꽃한테 꽂히는 데
무슨 이유가 있겠어

문영진

연락 안 받을 거면
꽃이라도 받아

꽃, 문영진

너의 끝엔
꽃이 있길

문영진

밖에 춥다
옷 따뜻하게 입고 다녀
너 옷 벗어줄 남자 없잖아

걱정, 문영진

밖에 비 온다
우산 챙겨

너 우산 챙겨줄
사람 없잖아

걱정, 문영진

미련하게도 또
미련을 남겼네

문영진

Q : 여보세요?

A : 아니요. 어장입니다.

어장, 문영진

밥은 먹고 다니지?
여전히 잘 먹고?

문영진

더 좋아할 수 없기에
더 좋은 사람으로 남기로 했다

문영진

자꾸 '시간이 없다' 하는데
니 의지가 없는 거 아니냐

문영진

시계는 멈출 수 있지만
시간은 멈출 수 없어요

문영진

괜찮다고 백 번은 말한 것 같다
괜찮지 않은 하나의 걱정 때문에

괜찮다, 문영진

너는 외로웠던 거야
나를 좋아했던 게 아니고

문영진

부푼 기대감
슬픈 기대만

문영진

좀 다투면 어떠니
좀 다를 수도 있지

문영진

말을 해야

맘을 알지

속마음, 문영진

할 말 없게 만들더라 나를
말할 가치도 없는 사람이

말, 문영진

'뭐해, 자니?'라고 적어 놓고
문자를 보낼까 말까 고민을 하는 사이
꿈만 같이 너한테 전화가 왔으면 하는 밤이야

연락, 문영진

매일 밤 나는 니가 잠이 들면
니 생각을 한 번 더 하고 잠이 들곤 해

문영진

니가 나한테 바라는 거
니가 나한테 먼저 해 줘

문영진

니가 잘 됐으면 좋겠어

나랑

문영진

닫았던 마음을 다시 열기로 했어요
그 사람에게서 먼저 연락이 왔거든요

문영진

마음을 접을 생각이라면
하트로 접었으면 좋겠어

문영진

너는 어떻게
매번


니 하고 싶은
말만


광고전화, 문영진

나한테 이래라저래라 하지 마라

나 호구라서 니 말 잘 들으니까

호구, 문영진

살기 힘든 세상 아니고
하기 힘든 내가 아닐까

문영진

넌 참 쉽게도 말하더라
난 어렵게 꺼낸 말인데

문영진

비밀이 없는 게 아니고
비밀을 말하지 않는 거

문영진

입만 살았네
행동은 죽고


문영진

47

너를 꼭 껴안고 자고 싶은 밤이다


꼭, 문영진

깊은 밤

너와 함께라서

더 기쁜 밤


밤, 문영진

시작할 땐 반하고
끝이날 땐 변하고

문영진

마음을 안 줄 거면
기회라도 좀 주지

기회, 문영진

너의 소설 끝에
내가 있기를 바라

문영진

지금 내 생각하겠네요?
자기 전이니까

문영진

오늘 꿈엔 오지 말아
오늘 밤엔 내가 갈게

문영진

Q : 연락할걸

A : 연락하지

문영진

내 마음이 다치지 않게
내 마음이 닫히지 않게

문영진

나라가 엉망이니
나라도 잘해야지

문영진

있을 때 잘하라고 하던데

있어야 잘하지

문영진

너한테 솔직하게 말하고 싶었는데
솔직하게 말하면 니가 떠날까 봐

문영진

타라는 썸은 안 타고
멍하니 가을만 타는
나는야 연애 고자다

문영진

사랑하세요

나부터

문영진

내가 널 좋아하지 않은 게 아니고
니가 날 좋아하지 않은 것 같아서

문영진

너의 이름처럼 널 빛나게 해 줄 수 있는
사람을 만났으면 좋겠어

문영진

밤하늘의 달을 따다
너에게 주고 싶어

달, 문영진

나 좀 설레고 싶은데
내 앞에 좀 설래?

설렘, 문영진

당신이 말없이 떠나면
말없이 기다리면 되나요?

기다림, 문영진

상처를 준 쪽은 자기가 상처를
한 번만 줬다고 생각하더라

상처, 문영진

생각보다 생각이 많았던 하루

문영진

머리만 대도 니 생각
머리만 떼도 니 생각

문영진

요즘 말을 잘하는 사람은 많아도

말을 예쁘게 하는 사람은 드문 듯

문영진

거짓이 반복되면
그 어떠한 오해도
거짓이 되곤 한다

거짓, 문영진

# 언제까지 썸만 타요, 우리는?

문영진

저의 이상형은 별 거 없습니다
지구에만 살았으면 좋겠습니다

문영진

찾지도 못할 거
맨날 찾아대네

이상형, 문영진

흔들어 놨으면 책임져요

문영진

어제보다 생각나고 어제보다 아픈 거 보니

니가 점점 좋아지는 게 분명해

점점, 문영진

매일같이 나를 데려다 준 사람인데
어떻게 생각이 안 날 수가 있겠어요

문영진

우리 관계가
우리라는 관계로
바뀌었으면

문영진

그대는 그때에 비해 좋아 보이더라
그때의 그대가 나는 더 좋았었는데

그대, 문영진

먼 훗날 나이가 들어 어릴 때를 기억한다면
그 기억은 너와 나의 시간이었으면 좋겠어

옛 기억, 문영진

자기 전에
자기 생각

문영진

# 나에게 취해 줘

문영진

힘들고 지치면 도망치세요

나한테

문영진

지치고 힘들 땐 내게 기대

지마!!! 나도 버거워

문영진

같은 생각
다른 마음

자기 전, 문영진

-

쓸데

없이


생각

이 나


전전전애인, 문영진

무슨 의미가 있겠니
너는 이미 가고 없는데

의미, 문영진

나한테 오해할 말, 하지 마
나 혼자 괜히 오예! 하니까

오해, 문영진

나쁜 기억은 지우고
좋은 기억만 피우길

기억, 문영진

나 필요할 때 연락 줘

이제부턴 나도 그렇게

필요, 문영진

연락이 잘 되지 않는 사람은 딱 질색인데
어쩜 너는 연락이 안 될수록 마음이 가는지

어쩜 너는, 문영진

니가 늦게 들어갈수록
니가 연락이 안 될수록


확실해지는
너에 대한 나의 마음


문영진

거리를 두려다
마음을 두는 중

문영진

졸린 하루지만
좋은 하루이길


문영진

자신을 갖고
자신을 믿어

문영진

어떨 때 보면 주변 사람들에게
내가 하지 못한 이야기를
가깝지도 않은 사람들에게 털어놓을 때
더 위로를 받을 때가 있다

위로, 문영진

마음에도 없는 너는
다음에도 오지 말길

문영진

정상적인 사람 좀 만나고 싶다고 하는데
니가 제일 비정상이야

문영진

괜찮은 척했지만
괜찮은 적 없었다

문영진

오라는 잠은 안 오고
너만 오네

문영진

잠들기 전 생각이 많은 나에 비하면
오늘은 참 괜찮았던 하루

하루의 끝, 문영진

더 좋아하려고만 했다
다 좋아해 주지도 않고

문영진

보고 싶다 말하고 싶었는데
잘 지내라고 말해야만 했다

문영진

아 진짜 다 필요 없고 인생 막 살고 싶다

너랑

문영진

나 궁금한 거 있어

너

문영진

이제는 기다리는 거 말고
기대는 거 하게 해줄래요?

문영진

그렇게 잊지 못할 서면
그냥 나랑 있지 그랬어

문영진

우리는 마치 이별이 정해져 있는 것처럼
사랑의 시작을 불안함과 함께 시작한다

문영진

'보고 싶어'의 줄임말

뭐해

문영진

오늘은 일찍 잠들고 싶었는데
처음으로 너에게 연락이 왔다

첫 연락, 문영진

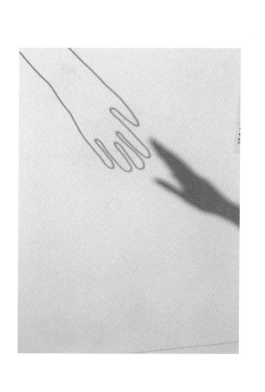

수많은 저 별들 중에
왜 하필 이별인 거냐

문영진

# 그만 좀 울려

단톡방, 문영진

남이 입으면 시스루
내가 입으면 실수룩

문영진

내가 바라는 건

그냥 사과가 아닌

설명이 덧붙은

진실된 사과였다


문영진

당신이 평소에 먹을 때만큼만
하는 일에도 최선을 다한다면
분명 행복한 날이 올 거예요

행복, 문영진

누군가를 사랑하기 전에

반드시 자신부터 사랑했으면 해요

그렇지 않으면 몹시 불안해질 거예요

그 사람이 나를 떠날까 봐요


불안, 문영진

머릿속에 그려온 사랑만 하려다
마음속에 그리운 사랑만 쌓이네

문영진

사랑을 많이 해보진 않았지만
사랑을 많이 해봤던 사람처럼
나는 당신을 많이 사랑합니다

고백, 문영진

우리의 이별에
이변은 없더라

문영진

우리가 다시 만나면
과연 잘 만날 수 있을까?

이별, 문영진

인생 그따위로 살 거면

나랑 살자

문영진

만약 월요일이 없었다면
과연 화요일은 행복했을까

문영진

애인 때문에 힘들다

없어서

문영진

어릴 적
내 꿈은 왜 소방관이었을까

어릴 적
내 꿈은 왜 대통령이었을까

매일 밤
니 꿈만 꾸며 살 텐데

꿈, 문영진

니가
나랑 헤어지고


내 꿈속에
왔다 가면


내 맘속은
왔다 갔다 해


문영진

밥 먹고 연락한다던 넌
폭식증이니

씻고 연락한다던 넌
결벽증이니

집에 가면 연락한다던 넌
집이 없니

나한테 온다던 넌
마음속에 내가 없구나

무관심, 문영진

이것저것 핑계 삼아
너에게 전화를 걸었다

문영진

보고 싶다고
말했네

좋아한다고
말했네

니 번호
바뀐 줄도 모르고


니 번호, 문영진

어쩌다가 우연히 마주쳤지만
저쩌다가 우연히 또 마주치고 싶어

우연, 문영진

어쩌다 만난 인연이
어쩌면 나의 연인일지도

인연, 문영진

술김에 전화했건만
술김에 받을 줄이야

취중연락, 문영진

Q : 내가 또 술을 마시나 봐라

A : 응. 잘 볼게

문영진

오늘은 달이 떠오르지 않았는데
너는 왜 내 머릿속에 떠오르니

문영진

후회는 일단
하고 난 후에

후회, 문영진

쓸데없는 생각을
쓸데없이 했구나

문영진

사람을 쉽게 만나다간
사랑이 금방 식게 돼요

쉽다, 문영진

우리 없던 일로 합시다
마음에도 없던 사람이었으니

남남, 문영진

# 엇갈림 속에서
# 엇갈리는 우리

문영진

나 너 좋아한다

고 말하고 싶다

문영진

겁나 하고 싶던 연애
막상 하려니까 겁나

겁, 문영진

솔로들 외롭다고
술로들 위로하네

문영진

내가 제일 잘 나가
밖에 제일 잘 나가

외박, 문영진

그 사람이 나에게 좋아한다고 말했다

그 사람을

문영진

끼부리지 마요
어장관리 마요
겁나 설레니까

문영진

기대할수록 실망 커지고
기댈수록 마음이 커지고

문영진

버스나 타지

지하철이나 타지


왜 다른 사람 차를 타냐

내 속 타게


문영진

울어도 괜찮아
기대도 괜찮아
언제든 그래도
괜찮아 괜찮아
너니까 괜찮아


괜찮아, 문영진

내가 일에 미쳐

너에게 연락조차 할 수 없을 때

니가 내게 '힘들지? 내 생각하면서 힘내'라며

힘이 되는 문자 하나만 보내 줬으면 좋겠다


힘내, 문영진

미인은 잠꾸러기라서
넌 내게 답장이 없구나

자니, 문영진

찬바람이 내 옆구리에 훅 들어와 말했다

'외롭지?ㅋㅋㅋㅋㅋㅋㅋ'

문영진

위로가 필요한 너를 '괜찮다'고 다독여 주며
'넌 혼자가 아니야'라고 말해 줬지만
오히려 위로가 필요한 건 나였어


나, 문영진

마음이 없다면
연락도 없겠죠

마음이 있다면
연락도 있듯이

기다림, 문영진

혼영이라는 말은 멋있고
혼밥이라는 말도 멋있고
혼술이라는 말도 멋진데

혼자라는 말은
왜 이리도 슬픈지

혼자, 문영진

위로 가고 싶은 꿈이 있기에
위로 받고 싶은 맘도 있지요


문영진

꽃의 꽃말을 알게 됐다

너로 인해

꽃말, 문영진

어젯밤 꿈이 뭐였더라
다시 잠들고 싶은 거 보니
너였던 거 같은데


꿈, 문영진

기대도 될진 모르겠지만
그대라면 될 것 같네요

그대라면, 문영진

있는 그대로를 보여 준다면
있는 그대로를 사랑받게 될 거예요

문영진

어젯밤 너와 첫 차를 마시고
오늘 아침 너와 첫 차를 탔다

첫 차, 문영진

어쩌면 우린 첫 만남부터
서로에게 이끌렸는지 몰라

첫 만남, 문영진

의심하지 않도록
진심을 주는 사람

진심, 문영진

마음에도 없으면서
부르긴 왜 불러

오빠, 문영진

좋은 사람 해피 해피

나쁜 사람 회피 회피

문영진

갑작스러운 비 소식에
갑작스러운 우리의 만남이
꽤 괜찮았던 오늘

급만남, 문영진

비가
올 줄 알았다

엊그제
세차 했거든

비소식, 문영진

오늘도
웃으며
일하긔

스마일, 문영진

# 너한텐 매일 예뻐 보이고 싶어

문영진

자존심 엄청 센 나인데
내가 그냥 져 주는 이유는

그냥 너라서

문영진

애틋하고

따뜻하게

문영진

지가 예쁜 줄 아네

잘 아네

문영진

날씨도 안 좋고 기분도 안 좋은데

너는 좋네

문영진

뭐 눈엔 뭐만 보인다더니
내 눈에는 너만 보이네

문영진

너는 어쩜 너만 생각을 하니
나도 좀 같이 하자. 니 생각.


문영진

너와 내가 닿았을 때

언제나 좋은 소리가 울렸으면

문영진

내게 콩깍지 씌워 주라
내가 손깍지 끼워 줄게

문영진

그냥 볶음밥보다는
니가 볶은 밥이 좋아

문영진

당신이 사랑받고 있는 건
그만큼 사랑을 줬다는 것

문영진

내 이상형을 예로 들면
내 옆에 있는 너라는 애

문영진

# 나는 나 좋다는 사람이 진짜 이상

## 형

문영진

딱 내 바람만큼만
내게 바람처럼 다가와 줬으면

바람, 문영진

전화 걸어 주는 너
함께 걸어 주는 너
인생 걸어 주는 너

동반자, 문영진

너랑 있을 때
내가 가장 자연스러워

문영진

넌 왜 니 기분 좋을 때만 연락하냐

내 기분도 좋아지게

기분, 문영진

보고 싶은 영화가 있었어
보고 싶은 공연이 있었어
보고 싶은 그대가 없었어

문영진

세상에 널 닮은 사람은
왜 이렇게도 많은 건지
이러다가 온 세상 사람
다 내 이상형이 되겠네

문영진

자니?

뭐하니?

밥 먹었니?


내 머릿속은 온통 '니' 생각


문영진

남자들은 좋아하는 여자가 있다면
그 여자의 눈을 봐라
여자들의 눈에는
굉장히 많은 정보들이 들어 있다

속마음, 문영진

알아서 잊는다며 당부하고
알았어 잊을게만 몇 번째지

당부, 문영진

커플 : 언제나 사랑해!

솔로 : 언제, 나 사랑해?


문영진

# 저는 중학교를 못 나왔어요

## 연애중

문영진

나는 잘생김도 아니고
나는 못생김도 아니야

안생김, 문영진

나랑 밀당하지 마

나 무거워서 안 밀려

문영진

잡으니까
잡히더라

뱃살, 문영진

집 앞인데
잠깐 나올래?

택배, 문영진

먹는 것을 줄여야
맞는 옷이 늘지요

문영진

양심 없는 세끼
아침 점심 저녁

문영진

니가
뭔데

나를
울려

하품, 문영진

오늘 밤은 말하지 않아도
나를 위로해 주러 올래요?

문영진

아래만 보고 다니는 너에게
위로의 말을 건네어 줄게

문영진

가끔은 울어도 좋아요
되도록 웃으면 더 좋고

문영진

오늘은 내가 가장 아끼는 옷을 입고
너에게 달려가기 딱 좋은 그런 날씨

날씨, 문영진

너에게 취하고 싶은 밤
너에게 츄하고 싶은 밤

문영진

좋은 날에 만나
좋은 나를 만나

문영진

이력서에 자기소개서를 써야 하는데

소개할 자기가 없네

자기소개서, 문영진

우리가 돈이 없냐 시간이 없냐

애인, 문영진

다들 작심삼일이라 하는데
삼일은 가나

문영진

Q : 자고 일어나면 소름 끼치는 일이 생길 거야

A : 무슨 일?

월요일, 문영진

우리 관계 쉽다
이런 관계 싫다

관계, 문영진

관계를 이어가는 게 쉬울까
관계를 정리하는 게 쉬울까

문영진

상처 받기 싫어서
상처 주는 법을 배웠다

문영진

꿈은 도망가지 않더라
도망가는 건 언제나 나 자신이더라

도망, 문영진

나의 힘내라는 말에
니가 힘이 났으면 좋겠어

힘내, 문영진

솔직히 말하긴
솔직히 힘들지

문영진

필요 없는 사람을
필요 이상으로 두었네

문영진

몸에 상처 하나 없는 나에게
마음에 상처를 여럿 주다니

문영진

아버지는 말하셨지 인생은

즐

문영진

끝까지 가려고 하는 니가 싫었다
바닥까지 보여 주는 니가 싫었다
우리는 그렇게 끝을 내야만 했다

자존심, 문영진

바쁘게 살다 보니
예쁘게 살고 있네

문영진

잠시 만난 인연이지만
다시 만날 인연이기를

인연, 문영진

야속했던 시간이 지나고
약속했던 시간이 오기를

시간, 문영진

정신없이 살다 보니
너랑 같이 살고 있네

문영진

오늘 밤

너랑 하고 싶어

문영진의 '데이트' 중에서

불타는 밤에 둘이 하면 좋겠지만
외로운 밤에 혼자서 하는 것도

문영진의 '혼술' 중에서

자기야

저기서

쉬었다 갈래?

문영진의 '휴게소' 중에서

오늘 밤은
피곤하니
그만 자고
내일 하자

문영진의 '시험공부' 중에서

내 몸을 감싸는
부드러운 너의 살결

문영진의 '극세사' 중에서

너라는 놈이
내 몸을 더 뜨겁게 해

문영진의 '감기몸살' 중에서

하아…… 빨리

더 빨리 해 줘

문영진의 '답장' 중에서

아파서 싫다더니
넣으니까 딴소리네

문영진의 '수면내시경' 중에서

자기야

나 입사한다?

문영진의 '대기업' 중에서

끝이라 생각 말고
꽃이라 생각하자